未来のあなたに

堀江源

港の人

目次

未来のあなたに

Night is already upon us

部屋の壁
薄い夕日

手をとって
ベッドに入った

終わりがあったなら
あの時

水辺のまち
枯れ草 ひとつ
目が覚めた時
暗くなっていた
君の肩越しにそっと
窓の外を見る

注、Night is already upon us のタイトルは、「日本文学の歴史1 古代・中世篇1」（ドナルド・キーン 1994）から引用しました。

遠い眼

もう視力はないと医者がいう
祖母の見開いた眼

最後の呼吸をまつ
ベッドの周りの人びと

死にゆく人のまなざしは
生まれたての赤ん坊そのまま

ものを見ない眼
知ることのない遠い眼
ぼくの小さな赤ん坊
夜　暗い天井をひとり見る
ベビーベッドから
抱きかかえてのぞき込む

友

クロマグロの漁獲制限について
仕事の話を聞く

冬晴れの八幡平
落葉松の雪

車のハンドル持つきみと
青空に目を細める

ラジオではいつの間にか
人生相談

無職の孫に使われている老婆
それでもいい子なんですと

ぼくもあと少しで
口にしてしまう

この人生もまた
誰かのいいなりなんだと

ベトナム・ダラット

ベトナム・ダラット
湖水の曲線
列なす　モーターサイクル
色とりどり
「ベトナム・ダラットは花の楽園
ワインにコーヒー、永遠のハネムーンです」

落日
街道　丘にそってはしる
テレビの後で
一歳の娘とお風呂に入った
子どもの体を抱いて
湯船につかる
ふっと浮かぶ身体
足がつかずに

不安げな顔　すまない
でも　ぼくにもよく分かる

きみの家から

夜
人気のないバス通り
街灯の上
細かな雨
きみに本当のことを話して
胸が熱かった

道路脇の
雑木林

獣のような
木の芽の匂い

性を知らない情熱が
若い体を作っていたころ

ぼくの図書館

黒い手すり
揺れる木々
コンクリートの
夏のテラス
白い紙
一文字ずつ指で追い

ぼくは
言葉を覚えた
その同じ指で
きみの指に触れ
遠くまで
二人で行った
いま見る
本棚のすき間

若い頃に
持ち出したまま

こころをひらく

五月の庭
芝生
椅子の上
疲れた身体
逃げて逃げて逃げて
逃げてきた

世の中から
自分から季節から

六歳の娘
ぼくの膝にのり
腕をほどいて
ひらけと言う

大きなクジラ

昨日の夜　二段ベッドで寝た
上が君で　下がパパ
じゃあね　電気消すよと
二人で寝た
上のベッドの骨組が
クジラの肋骨みたいと思ったら

君の寝返りで
急にベッドが揺れた
それがおさまると
大きな寝息がひとつ鳴った
クジラの腹の中
最初は揺れに揺れて
それから潮吹きひとつ
聞こえたみたい

君の寝息に包まれて
パパはゆっくり目を閉じる
クジラが泳いでいく方へ
パパはついていくよとね

浜離宮庭園

枯芝
緑青　池にかかる橋
妻と娘
白いアイスクリーム
幸せな退屈に
首都高の車の音

高層ホテルの一室
女と身体の感触
目が戻ると
庭園の水
暗い海の水に
変わる

細かな雨

ホテルの部屋
鏡のなかの男

この街での
暮らしを思う

城跡のランニング・コース
保育園の送り迎え

死は
生きなかった暮らし
すぐそばにあった
人生
ぼくは
バラバラになって
一つひとつを
生きなおす

細かな雨
埋立地と海

しあわせの音

キッチンで
君に言い放った粗野な言葉
僕を見ずに
食卓にすわり
二歳の娘に
食べさせる君

はじめは
耳鳴りだと思った
でも違った
君の後ろから聞こえてくる
上に流れる
水のような音
僕だけが聞いていた
君は気にしないと思った

2066　木星への旅

ハッチの窓から
木星が見え始める
長い眠りの合間に
昔のひみつを思い出す
祖父の書庫で見た
外国の雑誌

亜麻色の髪
女性の肌

手肢がひらくと
眼下の雲が混ざる

目を閉じて
渦に落ちていく

不思議と
こわくない

白い宇宙

丘の上
二月の朝
市民会館の前庭で
歌う若人
冷たい空気
白い息

写真に残った
みんなの笑顔
あの時だけの
ぼく達だったけど
なぜか　いつでも
どこでもと思う

２０２２　宇宙への旅

ベッドに入って
目を閉じた

暗い天井　青い窓
一瞬で闇に変わる

宇宙飛行士が
仰向けで飛び立つように

背中で振動を感じ
脳裏に星々を見た

これから始まる冒険に
身を任せた

朝食で

パンとジャム　卵とベーコン
ヨーグルトと蜂蜜
ぜんぶ食べるの
と言う
チョコレート入りの
グラノーラ

パパ
そんなに食べないでよ
ジャムの苺が
パンから落ちて
下を向き
震えながら涙を流す
きみの欲深き恥知らずな声
自己認識の大きな誤り

すべてパパの胸を洗う
人間ってこうだよなと思う

二月の梢

車から見えた
街路樹

黒い梢
高層マンション

あの時と同じ
胸の奥で

何かが
固まっていく
ゆっくりと
車の流れに乗る
コートの襟を立て
口元に当てる
あの日　若い二人
自分たちの姿を見た

もう生きてはいかない
部屋を見た
実現しなかった
人生
澱のように
溜まる

水の痕

君のバスローブを開いて
君のなかに入った
空気を求めるように
唇を合わせた
シーツの陰影
時計の針

いま　部屋の隅から
ベッドをみる

遠く未来で
見つけてほしい
私たちの
水の痕

朝に聞く

窓辺に積まれた本
朝の空が映る

詩集と神話の本
高級腕時計とサーフィンの雑誌
ビニールの表紙に
青空が映る

幾度となく訪れた朝に
私たちの朝を聞く
私たちの夢　私たちの希望
私たちの最も良いところを
永遠の朝に
連なるものとして

朝起きたら

朝起きたら晴れていた
靴をはいて外に出た
丘の雑木林
その上の空
陽射しのなか
蟬の音

ときどき現れる
この世界で
永遠をみた
詩人たちは
渡り鳥のように
飛んで行った
ぼくの足についている
ランニング・シューズ

羽が生えたように
走り始める

あとがき

二〇二二年四四歳になった。いつまで生きるか分からないけれど、勝手に二〇六六年八八歳までと思った。あとちょうど半分だと。

若い頃から好きだった詩を何とか「かたち」に残したかった。創造的な活動をあとちょうど半分の期間に取り入れていきたい。

未来のあなたにという題名は、未来の読者のことを言っているかも知れないし、大切に思う人たちの未来かも知れない。はたまた、未来のぼく自身のことかも知れない。とにかく、それは祈りのような時間であり、また空間を意味している。

最後に妻にありがとうと言いたい。休みの日に部屋にこもっていてすまない。君にもらった時間でこれを書いたと思っている。ありがとう。

堀江　源　ほりえ　げん

一九七八年東京都生まれ。二〇〇四年東北大学大学院卒。

二〇二四年現在、神奈川県横浜市在住、会社員。妻一人、娘二人。

未来のあなたに

二〇二四年五月十五日初版第一刷発行

著　者　堀江源
発行者　上野勇治
発　行　港の人
神奈川県鎌倉市由比ガ浜三-一一-四九
〒二四八-〇〇一四
電話〇四六七-六〇-一三七四
ファックス〇四六七-六〇-一三七五
www.minatonohito.jp
装　丁　港の人装本室
印刷製本　シナノ印刷
ISBN978-4-89629-435-4